AS SERPENTES
QUE ROUBARAM A NOITE
E OUTROS MITOS

COLEÇÃO MEMÓRIAS ANCESTRAIS
POVO MUNDURUKU

AS SERPENTES
QUE ROUBARAM A NOITE
E OUTROS MITOS

DANIEL MUNDURUKU

Ilustrações das crianças Munduruku da aldeia Katõ

editora Peirópolis

Copyright© 2001 by Daniel Munduruku

Editora
Renata Farhat Borges

Editora assistente
Ana Carolina Carvalho

Revisão
Mineo Takatama
Hugo Otávio Cruz Reis

Projeto gráfico
Walter Mazzuchelli

Coordenação da coleção
Daniel Munduruku

Parte dos direitos autorais desta obra serão direcionadas para as seguintes associações:
CIMAT – Conselho Indígena Munduruku do Alto Tapajós
PUSURU – Associação Indígena Munduruku
São associações que agregam todas as aldeias indígenas Munduruku do Estado do Pará e que atuam com o propósito de reivindicar a defesa dos direitos à saúde, à educação e à terra tradicionalmente ocupada.

Dados Internacionais de Catalogação na Publicação (CIP)
(Angélica Ilacqua CRB-8/7057)

Munduruku, Daniel
  As serpentes que roubaram a noite e outros mitos/Daniel Munduruku; ilustrações das crianças Munduruku da aldeia Katõ. -- 2. ed. — São Paulo: Peirópolis, 2024. (Coleção Memórias Ancestrais/coordenação de Daniel Munduruku)
  48 p : il., color

  ISBN 978-85-7596-340-1

  1. Índios Munduruku - Literatura infantojuvenil
  2. Mitologia indígena – América do Sul I. Título II. Série

14-0115   CCD-028.5

Índices para catálogo sistemático:
1. Literatura infantojuvenil – Índios Munduruku

2ª edição – 2024

Editora Peirópolis Ltda.
Rua Girassol, 310F – Vila Madalena
05433-000 – São Paulo – SP
tel.: (11) 3816-0699 | (11) 95681-0256
vendas@editorapeiropolis.com.br

Dedicamos esta obra a Biboy Kabá Munduruku. Queremos com ela eternizar o esforço desse sábio que tem se preocupado em manter viva a tradição oral de todo o povo Munduruku.

Agradecimentos

Agradeço a Misael Amâncio Kabá, professor que coordenou os trabalhos de ilustração destas histórias; a Haroldo Saw, coordenador da associação Pusuru, pela acolhida dessa proposta; a José Krixi, coordenador do Conselho Indígena Munduruku do Alto Tapajós (CIMAT), que apoiou esta iniciativa; a Renata Borges, editora desta coleção, por acreditar na força da tradição indígena e por partilhar de nossos sonhos de oferecer esta sabedoria às crianças brasileiras.

UMA PALAVRINHA AOS PEQUENOS LEITORES

Vocês têm em mãos uma série de histórias contadas pelos velhos Munduruku. Os velhos são as pessoas que dominam a tradição oral e sabem como ninguém contar essas histórias que nos remetem a um tempo muito distante de nossos dias.

Essas histórias – batizadas de mitos – quase sempre contam a origem de tudo e são sempre transmitidas de forma oral, ou seja, não há livros que guardam essas narrativas – elas são carregadas na memória do povo inteiro e são sempre recontadas de forma a despertar no povo um amor pela própria história, pelas lutas, pelas vitórias e derrotas.

Não são histórias muito fáceis de compreender, não. E não são fáceis porque elas ocorreram num tempo em que o tempo ainda não existia, em que os animais governavam o mundo, em que o Espírito Criador andava junto com os homens no grande Jardim chamado Terra. Mas existe uma maneira de compreender os mitos, um segredo que eu gostaria de partilhar com vocês: é preciso ler e ouvir os mitos não com os ouvidos que ficam na cabeça, pois eles costumam nos enganar, mas com os ouvidos que existem lá no fundo do coração – o ouvido da Memória. O conhecimento que cai nesse ouvido adormece, fica lá escondidinho, e depois, quando a gente menos espera, ele surge de novo. A gente nunca mais esquece o que ouve com o coração. Por isso, quem quiser aprender mais coisas sobre o meu povo tem de ler essas histórias com o coração.

Outra coisa importante: essas histórias são reais. Elas aconteceram de verdade e marcaram profundamente o modo de ser do meu povo. Aliás, é por causa delas que o povo Munduruku mantém-se vivo. É por causa da repetição constante dessas histórias que esse povo relembra seu sentido de existir e permanece atuante e lutando pelo direito de viver. É assim que damos sentido e valor à nossa existência.

Isso vale para vocês também, amiguinhos. Enquanto tivermos coragem de reviver todas as histórias pelas quais passamos e pelas quais passaram nossos antepassados, estaremos dando sentido ao nosso existir e reconheceremos que viver vale a pena.

E sabem de uma coisa?

A gente só precisa gostar de ser o que é. A gente não precisa mudar, querer ser o que não é.

Espero que essas histórias os ajudem a compreender melhor o povo Munduruku e, consequentemente, a entender a própria história.

Com carinho,
Daniel Munduruku

O COMEÇO DE TUDO

Toda criança, de qualquer parte do mundo, é curiosa. Está sempre querendo saber das coisas. Aprender coisas novas, brincadeiras novas. Criança gosta de espiar os adultos, ver o que eles fazem e saber como eles fazem as coisas que faz   am. Tínhamos vontade de aprender a sabedoria deles, pois percebíamos que eles guardavam muitos segredos, e alguns deles eram muito misteriosos.

Algumas vezes perguntávamos, mas eles sempre se negavam a responder, dizendo que ainda não era chegada a hora de conhecermos os mistérios ocultos.

Meus amigos e eu ficávamos sempre desapontados. Até que um dia, um dos nossos avós, vendo toda a nossa curiosidade, chamou-nos a um canto e disse que era chegada a hora de conhecermos a nossa história.

"Mas", disse ele, "é preciso que vocês venham aqui na hora de o sol dormir. E todos devem trazer uma pena de mutum."

Disse isso e virou as costas para nós.

É claro que ficamos sem entender nada – e mais curiosos ainda. Que será que ele iria fazer com as penas de mutum?

Na tarde seguinte, todos nós estávamos lá com a pena de mutum. Nosso avô fez um gesto para

que nos aproximássemos dele e nos indicou os lugares onde deveríamos nos assentar. A noite caía bem lentamente, trazida pelo pio da coruja, que, a essa hora, desperta para ir atrás de comida. Nossa avó acendeu um fogo bem à nossa frente e em cima dele colocou uma panela de barro cheia de água para esquentar. Enquanto a água fervia, ela descascava algumas macaxeiras. Já o nosso avô pegou uma esteira bem-surrada, estendeu-a e colocou em cima dela um cesto, ictiu. Pediu que colocássemos as penas no cesto e disse apenas:

"FOI ASSIM O COMEÇO DE TUDO..."

Todos nós arregalamos os olhos quando o velho começou a mexer com um pau as penas que estavam no cesto e vimos sair dele uma fumaça que foi nos envolvendo lentamente e nos enchendo de uma estranha sonolência, que não nos permitia nada enxergar ao nosso redor – apenas ouvíamos a sua voz.

ORIGEM DOS MUNDURUKU

Um dia, os homens apareceram sobre a terra. Os primeiros homens que os animais das florestas viram nas selvas e nas savanas foram aqueles que fundaram a maloca de Acupary.

Certo dia, entre os homens da maloca de Acupary, surgiu Karu Sakaibê, o Grande Ser. Não havia então sobre a terra outro tipo de caça a não ser o de pequeno porte, mas logo a caça grossa se multiplicou. E isso aconteceu por obra de Karu Sakaibê, que muito gostava daquele povo e não queria que ele passasse necessidade. Por isso ele ensinou a todos a arte da caça, a arte de unir-se aos animais a serem caçados, de modo que aprendessem quais deles já estariam preparados para servir de alimento aos homens de Acupary.

Karu Sakaibê não tinha mãe nem pai, mas tinha um filho, que se chamava Karu Taru, e um ajudante a quem chamava Reru. Os três andavam pelo mundo sempre juntos procurando saber como se comportavam os homens.

De certa feita, tendo voltado da caçada de mãos vazias, disse Karu ao filho:

– Vá ver como estão os vizinhos. Parece que eles aprenderam bem as artes da caça, que nós lhes ensinamos, e abateram tanta caça que não sabem o que fazer com ela. É bom que eles repartam com os outros.

Foi o pequeno Karu ao encontro dos parentes. Chegando lá, disse aos caçadores tudo o que seu pai havia falado, mas os homens de Acupary não quiseram ouvi-lo e fizeram-no voltar ao pai Karu apenas com as peles e as penas dos animais que tinham matado.

    Karu Sakaibê havia previsto que isso iria acontecer, pois sabia que os homens não conseguem viver com fartura sem se tornarem egoístas, mesquinhos e maus. É assim que nasce a rejeição das outras pessoas. Porém, não se sentiu irritado nem magoado com a ingratidão daquelas pessoas. Para dar mais uma oportunidade para que os caçadores reconsiderassem sua atitude, enviou pela segunda vez o pequeno Karu, que os advertiu e ameaçou com palavras muito duras ditas pelo pai. Mesmo assim aqueles homens não quiseram ouvi-lo e ainda fizeram troças sobre o poder de Karu Sakaibê.

Quando o filho retornou e contou-lhe tudo o que havia se passado, Karu Sakaibê ficou muito irritado com a atitude egoísta e mesquinha dos caçadores. Ainda assim resolveu dar-lhes uma terceira oportunidade. Por isso, convocou mais uma vez o jovem e incumbiu-o da missão de convencê-los a cederem carne a seu pai, mas ele não teve êxito novamente e acabou escorraçado pelos moradores de Acupary.

Percebendo que aqueles homens e mulheres não o honrariam, o pai Karu ficou furioso. Pegou, então, as penas que haviam lhe enviado e fincou-as uma a uma, pacientemente, ao redor da maloca de Acupary. E com um gesto brusco, acompanhado de três palavras encantadas, Karu transformou em porcos bravos todos os habitantes de Acupary – não só os homens que se tinham mostrado cruéis, mas também as mulheres e as crianças.

Em seguida, olhando para as penas que havia fincado em redor da aldeia, ergueu a mão e moveu-a de um lado a outro do horizonte. A esse apelo inaudível ao ouvido humano, moveram-se as montanhas, e o terreno onde se localizava a maloca transformou-se numa enorme caverna.

Ainda hoje os Munduruku acreditam piamente que às vezes escutam, da entrada dessa gruta, além da qual ninguém se arrisca penetrar, gemidos humanos que se confundem com grunhidos de porcos. É por isso que ninguém ousa entrar nessa caverna, pois ela esconde o mistério da nossa origem.

Desolado com os habitantes de Acupary, Karu Sakaibê resolveu partir daquela região, sempre acompanhado do fiel Reru, e enveredou pelos campos. Depois de dois dias de marcha, fatigado, parou num descampado. Nesse lugar, fez um gesto sagrado batendo o pé no chão, e uma longa fenda se abriu. O velho Karu dela tirou um casal

de todas as raças: um de Munduruku, um de indígenas (porque os Munduruku não pertencem à mesma raça que os indígenas, mas são de uma essência superior), um de brancos e um de negros.

Foi ali que Karu criou a humanidade pela segunda vez. Era um lugar que tinha um nome predestinado, Decodemo: lugar onde há macacos em abundância.

Indígenas, brancos e negros dispersaram-se cada um para um lado e foram povoar a terra com sua descendência.

O quarto casal – o Munduruku – ficou em Decodemo. Os Munduruku de Decodemo não tardaram a tornar-se tão numerosos que, sempre que se punham a caminho para a guerra, a terra tremia, sacudida até as entranhas. Em virtude disso nossos antepassados receberam o nome Munduruku – que significa "formigas gigantes". Por muitas e muitas luas nossos ancestrais foram os senhores absolutos de toda a região do rio Tapajós, onde desenvolveram um conjunto de práticas de sobrevivência e de guerra que amedrontava os inimigos.

UM SOM DIFERENTE

Quando o velho acabou de narrar a história de Decodemo, a noite já estava adiantada, e todos nós, muito cansados, porém felizes. Na verdade, parecia que nós não tínhamos ouvido a história, mas vivido tudo o que ele nos havia contado.

A fumaça tinha desaparecido e na nossa frente havia cuias cheias de mingau de macaxeira quentinho, que nossa avó havia preparado com muito afeto. Tomamos o mingau enquanto nosso avô permanecia quieto e de olhos fechados. Ele mexia com a boca como se estivesse falando com alguém que não podíamos enxergar.

Logo que percebeu que tínhamos terminado de tomar o mingau de macaxeira, ele ergueu-se, espreguiçou o velho corpo e disse-nos que o seguíssemos. Levantamo-nos rapidamente, temendo perdê-lo na escuridão da noite. Fomos direto à casa dos homens, o *ekçá*. Quando lá chegamos nosso avô acendeu a lamparina que estava sobre uma pequena mesa. Suas labaredas iluminaram levemente a face do nosso velho, que pediu que ouvíssemos atentamente a música que iria tocar.

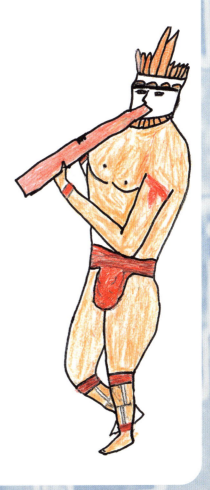

No início estranhamos um pouco aquela cena, pois nunca tínhamos visto aqueles instrumentos e muito menos alguém que pudesse tocá-los. Eram três pequenas flautas de um único pedaço de bambu. O avô, ao pegá-las, fez uma pequena reverência com a cabeça como se as estivesse saudando. Depois, levou-as até a boca e delas tirou um som muito diferente, encantado, mágico. Instintivamente, todos nós sentamo-nos no chão para ouvir melhor. O velho ficou tocando por uns trinta minutos. De repente parou, colocou as flautas sobre a mesa, ao lado da lamparina, e sentou-se enquanto as acariciava.

"Sabem de onde vem essa música?", perguntou.

Balançamos negativamente a cabeça quase ao mesmo tempo.

"Ela vem de muito longe, meus netos, vem de um tempo em que as mulheres eram as senhoras de tudo. Vou lhes contar como aconteceu."

QUANDO MANDAVAM AS MULHERES

Em tempos que vão longe, as mulheres habitavam o *ekçá* – a casa dos homens – e os homens alojavam-se numa vasta casa coletiva. Os homens tinham de fazer todo o trabalho para as mulheres: caçar, buscar lenha, tirar mandioca, espremer e fornear a farinha. Essas eram as tarefas dos homens. E, como se isso não bastasse, iam buscar água no rio.

Como será que elas conseguiram esse feito maravilhoso?

Foi assim: um dia, caminhando pela mata, três mulheres – Ianiubêri, que iria se tornar cacique dos Munduruku, Taimbiru e Parauarê – receberam três flautas que emitiam um som encantador. Elas lhes deram o nome de "caduquê" por causa do seu som sagrado. As flautas estavam no fundo de um pequeno rio – "igarapé", na língua indígena – e foram-lhes entregues por três peixinhos, que lhes recomendaram nunca deixar os homens ouvir o som que delas saísse, senão elas perderiam o poder sobre eles. Elas acharam um pouco estranho a conversa dos peixinhos; mesmo assim resolveram seguir a recomendação deles.

– Que som bonito! – disseram elas, impressionadas com o encantamento do instrumento.

– Não esqueçam: venham todos os dias tocar as flautas aqui perto do rio para nos alegrar; porém, nunca deixem que os homens descubram seu segredo.

Então, passaram a tocá-las nas proximidades do igarapé todos os dias. Para isso, saíam de casa às escondidas para não serem notadas e seguidas. Os homens, por sua vez, já cansados de fazer as tarefas da aldeia, começaram a desconfiar daquela saída diária das mulheres.

– Aonde será que elas vão? – perguntavam-se entre si e tentavam encontrar uma resposta, mas ficavam sempre com muito medo de desobedecer à lei que foi imposta pelas mulheres.

Mesmo assim, começaram a preparar um plano para descobrir a verdade. Assim, quando as mulheres saíam da aldeia rumo ao mato, os homens passaram a segui-las. Elas nem desconfiavam que estavam sendo seguidas, pois sabiam que quem se afastasse da aldeia era punido por leis severas. Mas os homens estavam dispostos a descobrir a verdade sobre os poderes das mulheres. Quando chegaram à clareira da mata, viram-nas tocando as flautas.

– Que devemos fazer? – perguntaram-se.

Os irmãos mais novos de Ianiubêri, que se chamavam Marimarebê e Mariburubê, propuseram:

– Vamos tirar as flautas delas! Elas nem sequer vão à caça e nós é que temos de fazer todos os seus serviços!

Assim, planejaram um meio de furtar as flautas. Alguns dias depois, finalmente, conseguiram surrupiá-las e experimentaram tocá-las.

– Que som bonito! – disseram eles, impressionados com o encantamento do instrumento.

As mulheres ficaram muito tristes porque já não dispunham das flautas e haviam perdido o poder sobre os homens; assim, teriam de fazer todo o trabalho que até então era realizado por eles. Ficaram tristes também porque seria dos homens o domínio da aldeia. Desse modo, os homens transformaram a casa coletiva no *ekçá*, local em que as mulheres nunca mais poderiam entrar.

As flautas foram colocadas numa casa especialmente construída para elas e eram tocadas somente uma vez por ano, durante uma grande festa na aldeia. Nessa ocasião as mulheres poderiam pegá-las e tocá-las, mas nunca mais recuperaram o poder sobre a aldeia.

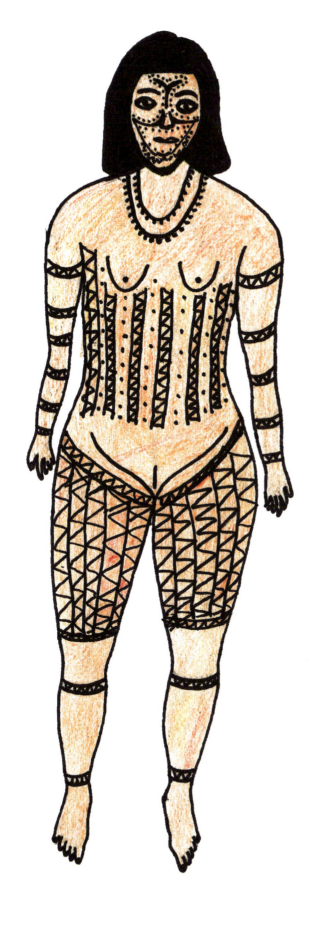

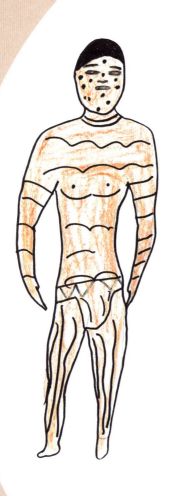

UM AMIGO PARA SEMPRE

Enquanto nosso avô contava a história do poder dos homens, percebemos que não estávamos sozinhos no *ekçá*. Os nossos cachorrinhos foram se aproximando de nós, cada um deles de seu dono – eles davam uma volta em torno do próprio rabo, lambiam as nossas mãos e se aconchegavam ao nosso lado.

Nosso avô olhava carinhosamente para nós enquanto fazíamos cafuné na cabeça dos nossos amiguinhos. Deu um sorriso, mexendo a ponta dos lábios, e dirigiu-se a todos nós, que ainda estávamos impregnados do encanto do som das flautas sagradas:

"Os cães são bons amigos. Eles entendem o homem mais que qualquer outro bicho. É um animal muito fiel e companheiro. Querem saber como eles surgiram entre nós?"

Todos respondemos que sim e o nosso avô logo começou a contar.

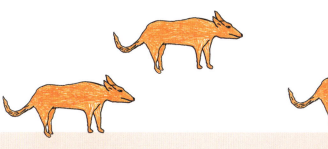

COMO SURGIRAM OS CÃES

Certa época, os bravos da aldeia Decodemo, a mais populosa e feliz dos Munduruku, haviam saído para uma grande caçada. Na aldeia ficaram apenas as mulheres e as crianças. Foi então que apareceu por lá um desconhecido. Seu nome era Karu Pitubê.

O visitante foi direto para o *ekçá*, a casa dos homens, onde pendurou sua rede e começou a tocar melodias muito bonitas na flauta caduquê. Uma das moças que serviam a casa, enfeitiçada por aqueles sons mágicos, aproximou-se de Karu Pitubê.

Iraxeru – era esse o nome da moça – ofereceu ao forasteiro o *daú*, a bebida tradicional. O estranho bebeu o *daú* com gosto e sem pressa, apreciando o sabor delicioso da bebida. Ele gostou muito da moça, e o encontro entre eles durou a noite toda.

De manhã, Karu Pitubê chamou a jovem e disse:

– Nascerá de ti o fruto desta noite de amor, mas causará um grande espanto nos guerreiros de teu povo.

Antes de desaparecer, ele fez ainda uma advertência:

– Não mates o que de ti nascerá.

Alguns meses depois Iraxeru deu à luz um casal de cães! Todo mundo ficou muito assustado e não conseguia compreender o que se passava. Os próprios irmãos e os pais da jovem pensaram até num jeito de se livrarem dos cães. Mas Iraxeru antecipou-se a eles, pegou os dois filhinhos e fugiu para a floresta, rápida como a ema, e desapareceu.

Durante muito tempo, Iraxeru andou pela floresta, seguindo a margem de um límpido riacho, e ali se instalou. Amamentou os dois filhos e viu-os crescer e ficar fortes.

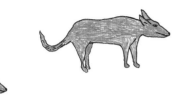

Os cachorros corriam pelas matas e savanas em busca de comida e traziam muitas caças e perdizes para a mãe. À noite, eles se transformavam em formidáveis guardiães e a protegiam durante todos os momentos dos perigos da floresta. Iraxeru passou então a viver segura e com abundância de comida.

Certo dia, Iraxeru decidiu voltar à aldeia Decodemo e contar ao seu povo aquelas maravilhas. Ela sabia que a expulsão era uma sentença de morte decretada pelos guerreiros e que poderia atingi-la, mas não a seus filhos, que saberiam fugir dos perseguidores, porque eram muito velozes na floresta. Sabia também que, caso a sentença fosse anulada, permitindo que ela e os filhos retornassem à aldeia, o povo Munduruku seria o senhor das florestas e das pradarias e poderia vencer todas as outras nações, pois dominaria tudo e não teria rival.

Preocupada, a jovem mãe encaminhou-se para a aldeia, e, para seu espanto, os três foram recebidos festivamente, e os cães aceitos como seus filhos.

Desde então, o nosso povo trata o cão como um verdadeiro filho. As mulheres, quando necessário, não hesitam em dar aos cães seu próprio leite e deixá-los dormir na mesma rede dos recém-nascidos. É como se os cachorrinhos e os pequenos Munduruku fossem realmente irmãos.

Os cães que vivem nas aldeias Munduruku são tratados com esse sentimento de fraternidade durante toda a vida e, quando morrem, enterrados com piedade e quase tão cerimoniosamente como uma criança ou uma mulher.

A HISTÓRIA DA ESCURIDÃO

Quando o velho terminou de falar, um vento forte e estranho soprou acima da nossa cabeça, trazendo um tremor ao nosso corpo já um pouco cansado. Foi um vento bem esquisito aquele que apagou as lamparinas que estavam sobre a mesa. Ficamos assustados, e alguns aproximaram-se do velho, que a todos acolhia.

"Não se assustem, crianças. Esse vento é nosso parente e veio lembrar-nos que um dia já vivemos sem a escuridão da noite. Muito antigamente nós só tínhamos o dia como companhia e nunca escurecia."

"E como as pessoas viviam se não podiam dormir?", perguntou alguém que não deu para perceber quem era por causa da escuridão.

"Vocês realmente querem saber como tudo aconteceu, não é? Pois bem. Vou contar mais uma história que os nossos avós nos deixaram na memória. Essa história se passou há muito tempo."

AS SERPENTES QUE ROUBARAM A NOITE

Fazia pouco tempo que o mundo era mundo e que as garras da onça ainda não haviam crescido, e já reinava a insatisfação. E isso porque a noite nunca chegava – ela, que iria permitir que pessoas e animais repousassem um pouco.

O sol brilhava sem parar nos céus e nenhum daqueles infelizes conseguia sequer tirar uma pequena soneca! Os raios ardentes do sol queimavam tanto, e durante tanto tempo, que todos preferiam levantar. Apenas o papagaio continuava a protestar, mas tão alto, que toda a floresta o ouvia, porém o sol pouco se importava com toda aquela gritaria e seguia brilhando tão alegremente quanto antes.

Após um certo tempo, o papagaio ficou rouco, e os outros seres arrastavam-se como sombras. No leito dos rios, já quase não se via uma gota d'água a correr.

Felizmente, um belo dia, os indígenas descobriram quem havia escondido a noite: as serpentes! Elas eram os únicos seres que não tinham definhado, continuavam sadias e passeavam com um arzinho zombeteiro, como se estivessem guardando na cabeça pensamentos muito divertidos.

Então, os líderes da aldeia organizaram uma reunião para indicar aquele que deveria ir falar com as serpentes para que elas libertassem a noite. A escolha caiu sobre o jovem Karu Bempô, por ser guerreiro valente e excelente corredor.

Karu Bempô, o mais valoroso dos guerreiros indígenas, foi falar com Surucucu, a grande chefe das serpentes.

A morada de Surucucu ficava escondida no fundo da floresta virgem, embaixo das folhas espalhadas pelo chão, e nem os macacos gostavam de se aproximar daquele lugar misterioso.

– Quem se atreve a me incomodar? – gritou a serpente, erguendo a cabeça.

– Sou eu, Karu Bempô, o grande guerreiro – respondeu o intrépido representante dos indígenas e prosseguiu: – Dizem que as serpentes esconderam a noite. Se me devolverem a noite, darei arco e flechas como presente do meu povo.

– De que me serviriam o arco e as flechas? – riu Surucucu. – Não tenho mãos para manejá-los. Meu rapaz, tens de me trazer outra coisa.

Após dizer essas palavras, ela deslizou por entre as folhas e desapareceu, e Karu Bempô se viu sozinho.

Voltou à aldeia de mãos vazias, e todos ficaram quebrando a cabeça para descobrir o que dar à serpente.

Finalmente, depois de muito pensarem, imaginaram que uma matraca contentaria a serpente, pois é um objeto que agrada a todos, e nenhum animal possui um objeto desses.

Fizeram então uma matraca, cujo som era ouvido para além das planícies e das montanhas. E Karu Bempô pôs-se novamente a caminho.

Dessa vez, Surucucu estava esperando-o.

– Sei que me trazes uma matraca – disse ela. – Evidentemente, não é coisa que se despreze, mas como vou usá-la? Não tenho nem mãos nem pés...

– Vou prendê-la na tua cauda – disse Karu Bempô, e imediatamente pôs mãos à obra.

Mas que aconteceu? Ou a matraca tinha perdido a voz, ou a cauda da serpente não era suficientemente forte para balançá-la. Quando ela tentou chacoalhar sozinha, ouviu-se apenas um *ch-ch-ch-ch* parecido com o ruído que as folhas secas fazem quando se espalham pelo chão.

– Não, isso eu não quero. Mas, para que não digam que sou insensível, te darei, em troca da matraca, uma breve noite – declarou afinal a serpente. Deslizou para dentro do ninho e retornou trazendo um saquinho de couro, que entregou a Karu Bempô.

– E que faremos se esta noite não nos bastar? – perguntou ele.

– Deves saber que uma noite longa custa muito caro: nem por dez matracas eu poderia te dar uma – respondeu a serpente.

– Nesse caso, o que queres em troca?

– Conversei com as outras serpentes a esse respeito e decidimos que trocaríamos uma noite longa por uma jarra cheia daquele veneno que teu povo coloca nas flechas.

– Mas que ireis fazer com esse veneno? – recomeçou Karu Bempô.

Sua pergunta não recebeu resposta. Surucucu deslizou sob as folhas. A matraca presa à cauda fez-se ouvir por um momento, e depois a serpente desapareceu.

Caminhando lentamente, Karu Bempô retornou à aldeia com o saquinho de couro. Acalentava a esperança de que a noite curta seria suficiente para todos, mas em seu espírito permanecia o receio de um novo encontro com a serpente.

Assim que os indígenas abriram o saquinho, o mundo foi invadido pelas trevas e todos caíram num sono profundo, mas não por muito tempo. Passados alguns instantes, o sol voltou a brilhar, e expulsou a escuridão para trás das montanhas, e despertou sem piedade aqueles infortunados adormecidos.

Todo dia acontecia a mesma coisa, e logo ocorreu aquilo que Karu Bempô temia: perceberam que uma noite tão curta não bastava para descansar, e todos começaram a juntar veneno – às vezes, apenas uma gota – para encher a jarra.

O jovem retornou à floresta pela terceira vez. Desta vez caminhava com cautela, pois tinha receio de tropeçar e deixar cair a jarra. Surucucu estava enfiada em seu ninho, e via-se apenas sua cabeça. Ao lado dela havia um enorme saco, bem cheio.

– Eu sabia que voltarias – disse ela ao recém-chegado. – Vê, preparei um saco que contém uma noite longa.

Karu Bempô entregou-lhe a jarra e perguntou, curioso:

– Escuta, por que as serpentes precisam de veneno?

– Porque somos pequenas e fracas – respondeu Surucucu – e precisamos ter presas venenosas para nos defender... mas não tenhas medo: darei a cada serpente apenas uma pequena quantidade de veneno, a fim de que não possamos realmente fazer mal a ninguém...

– Mas é que... – estranhou o guerreiro, cético.

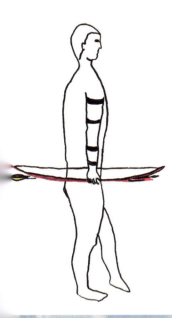

– Bem, já estás com o saco. Deves levá-lo para a tua aldeia e só abri-lo quando chegares lá. Se soltares a noite cedo demais, a escuridão vai me impedir de distribuir o veneno a cada serpente, como pretendo, e as consequências recairiam sobre todo o mundo...

Com essas palavras, ela se despediu, e, sem tardar, convocou todo o povo das serpentes, e começou a distribuir o veneno. Surucucu foi a primeira a se servir...

Karu Bempô voltou para a aldeia, carregando a bolsa com todo o cuidado. Pensava no que a serpente havia lhe dito e por isso não percebeu que o papagaio, excitadíssimo, voava acima dele, gritando:

– Venham ver, ele está trazendo a noite, Karu Bempô está trazendo a noite longa!

Evidentemente, todos os que lá estavam podiam vê-lo com os próprios olhos. Os macacos, loucos de alegria, saltavam no topo das árvores; o jacaré fazia ondas com o pouco de água que ainda restava, e inundou toda a margem do rio. A onça, impaciente, arranhou-se.

– Solta a noite agora mesmo, o que estás esperando? – gritou ela, atirando-se sobre Karu Bempô.

Antes que o jovem entendesse o que estava acontecendo, a onça arrancou a bolsa das mãos de Karu Bempô, pulou para as urzes e abriu-a.

Uma densa escuridão caiu sobre a selva, surpreendendo a todos. Animais e pessoas procuravam caminhos para voltar a suas casas, e colidiam uns com os outros. Mas o pior foi aquilo que ocorreu com as serpentes da chefe Surucucu: elas se atiraram sobre a jarra, empurrando-se umas às outras, e cada uma delas passou nas presas tanto veneno quanto podia. Em vão Surucucu tentava acalmá-las, dizendo que havia veneno suficiente para todas. Por fim, acabaram derrubando a jarra.

Mas quando, ao final de uma longa noite, voltou o dia, todos puderam perceber as consequências do que a onça havia feito: as serpentes tinham-se tornado inimigas poderosas e audaciosas, que, com suas presas envenenadas, matavam todos aqueles de quem se aproximavam. Apenas o povo das Jiboias não foi atingido, e sempre avisava os indígenas com a sua matraca.

Depois desse episódio, as serpentes nunca mais foram amigas – cada uma procura viver sua vida, sem se preocupar com a dos outros.

Os Munduruku e os outros animais, por sua vez, adoraram ter conseguido a noite de volta. Assim, podem descansar durante a noite para iniciar um novo dia mais dispostos e alegres.

O SUSTO QUE VEIO DA FLORESTA

Enquanto o velho falava, nós ficávamos extasiados com a sabedoria com que ele narrava as histórias. Parecia-nos que ele tinha todo o conhecimento gravado na memória e não deixava escapar nenhum detalhe na hora de nos contar o que aconteceu nos tempos imemoriais do nosso povo.

E foi com essa sabedoria que chamou a nossa atenção para mais uma história que nos iria contar. Antes, lembrou-nos os cuidados que devemos ter quando vamos passear na floresta, pois ela sempre apresenta uma porção de riscos para os desavisados, mas pode-se aprender muito com ela se formos espertos e soubermos aproveitá-la com sabedoria.

"A floresta esconde tantos mistérios que nossa mente nem pode imaginar. Nela estão escondidos muita sabedoria e perigos. A história que vou contar-lhes é de uma dupla que soube vencer uma parte do mal que está presente também dentro da gente."

A MORTE DA VELHA BRUXA

Naquele tempo, havia um casal de Munduruku que tinha muitos filhos – tantos, que os pais não conseguiam dar comida a todos eles, pois não era tempo de fartura de alimentos. Por isso, a mãe decidiu diminuir o número de filhos mandando o marido deixar um casal deles na floresta, num local onde as crianças se perderiam e não saberiam jamais retornar. Aquela mãe acreditava que a floresta poderia tomar conta delas, e assim elas seriam mais felizes.

O marido acatou as ordens da mulher e chamou duas crianças para coletar mel.

– Vamos para a floresta – disse ele. – Vamos pegar mel de abelha para nos alimentarmos.

As duas crianças seguiram o pai, que as levou para muito longe.

– Venham por aqui. Nesse lugar há mel delicioso.

Os três caminharam por um bom tempo no meio da floresta, onde não havia trilhas. As crianças, porém, haviam levado grãos de milho e foram jogando-os no chão para marcar o caminho de volta. Mas, pouco antes de chegarem ao local, o milho acabou.

– Vocês fiquem aqui. Eu vou pegar mel. Não saiam daqui. Quando eu achar, dou um assobio assim: "iii"; aí, vocês vão ao meu encontro.

As crianças passaram o balde ao pai e permaneceram por algum tempo aguardando o chamado dele.

O pai encaminhou-se sozinho a um lugar, pendurou o balde numa árvore e foi embora. Mas o vento, que era amigo das crianças, soprou na árvore, que assobiou "iii"...

– Olhe, minha irmã, é o papai chamando. Vamos!

Quando chegaram ao lugar, não encontraram ninguém. Viram somente o balde pendurado na árvore. As crianças choraram bastante.

– Papai foi embora e nos deixou aqui – disse o menino. – Vamos voltar sozinhos para casa pelo caminho que marcamos com milho.

– É mesmo! – respondeu a menina.

O menino e a menina seguiram a trilha do milho e voltaram para casa direitinho. Os pais, quando viram as crianças, ficaram admirados com a coragem delas. Mesmo assim resolveram levá-las de novo e abandoná-las na floresta.

Dessa vez o pai levou-as ainda mais longe, de onde realmente não pudessem mais voltar. É verdade que as crianças haviam levado milho de novo para jogar pelo caminho, mas ele acabou logo, e então ficaram perdidas. Sem a trilha do milho, não conseguiriam voltar para casa. Então, choraram bastante a ausência dos pais.

E, agora, que fazer?

O dia passou muito rápido e a noite chegou, trazendo uma fome danada para os dois irmãos. Porém, eles tinham levado uma faca sem cabo e assim conseguiram apanhar castanhas para comer. Saciada a fome, dormiram lá mesmo, onde encontraram a noite. De madrugada ouviram um latido bastante forte vindo de algum lugar e ficaram muito assustados. Então, resolveram esconder-se debaixo da árvore, pois pensavam que poderia ser um espírito maligno da noite.

Assim que amanheceu, começaram a caminhar pela mata e toparam com uma casa estranha, que reconheceram ser a maloca de uma velha a quem todos chamavam Bruxa e de quem o vô já havia falado.

– Vamos embora, vamos sair logo daqui, estou com muito medo – disse a menina.

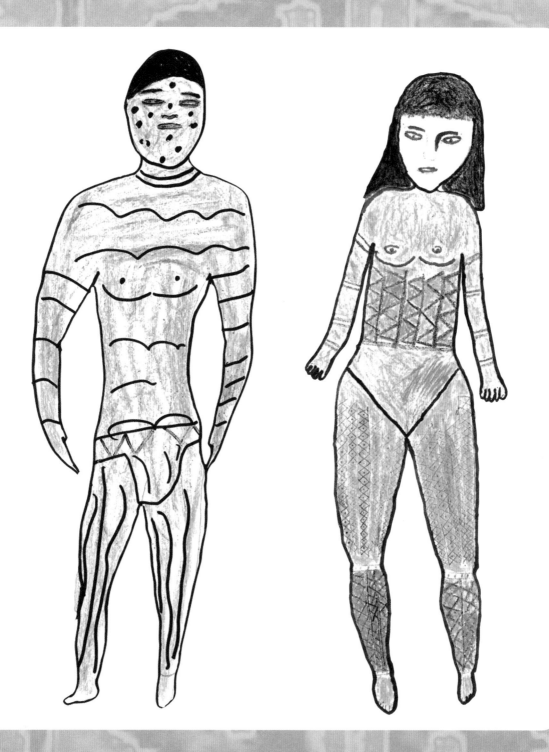

– Calma, minha irmã. Fique aqui. Vou arrumar comida para nós.

O valente garoto aproximou-se da maloca bem devagarinho. Espiou pela janela e viu a velha cozinhando uma deliciosa carne de tatu. Percebendo que ela era cega, o jovem guerreiro arremessou a flecha e beliscou a carne. Enquanto ela mexia a carne, a flecha fez barulho no prato, o que fez a velha se virar e dizer:

– Saia daí, gato do mato, essa comida é minha.

Esforçando-se para não morrer de rir, o menino voltou para o local onde estava a irmã, ofereceu-lhe a carne que tinha conseguido e contou-lhe o que havia ocorrido. A irmã ficou muito curiosa e disse-lhe:

– Dessa vez quem vai pegar comida sou eu.

– Não, você não pode ir, pois vai rir dela. Ela é muito engraçada.

– Não, tenho certeza que não vou rir.

A menina acabou indo, mas acompanhada do irmão.

Quando chegaram à maloca, a velha continuava fritando carne. Bem devagar, ela tentou espetar a carne, mas a flecha bateu no prato e fez barulho.

– Saia daí, gato danado, essa comida é minha.

Vendo isso, a menina não aguentou e começou a rir.

– Será que tem gente aí? Quem são vocês? Venham aqui.

Os dois não tiveram outra saída a não ser ir ao encontro da velha.

– Vocês, de onde são?

– Somos da aldeia. Ficamos perdidos.

– Aproximem-se mais.

Quando chegaram bem pertinho dela, a velha passou a apalpar as crianças.

– Ah, você é um rapaz!!! – disse a velha ao menino.

Depois fez a mesma coisa com a menina.

– Você é uma garota!!!! Vocês têm de ficar aqui comigo. Eu vou cuidar de vocês dois.

A velha levou-os para um quarto bem grande.

– Esta será a casa de vocês daqui pra frente.

Então, as crianças ficaram lá com a velha. O tempo passou e as crianças cresceram bastante, e só então a Bruxa deixou-as sair do quarto, porque elas diziam que o lugar estava pequeno para os dois.

Desse dia em diante as crianças passaram a ajudar a Bruxa nos serviços da casa.

Certo dia, a velha mandou-os buscar lenha. Enquanto eles procuravam gravetos no mato, apareceu o pássaro *tikã*, que disse a eles:

– Venham cá. Quero falar uma coisa a vocês.

– Fale, nosso parente pássaro – disse o rapaz.

– Aquela velha vai queimar vocês. Para que vocês não morram, é preciso queimá-la primeiro.

– E como vamos fazer isso, pássaro amigo?

– Ela vai dizer: "Venham cá dançar", quando for acender o fogo. Aí vocês respondem: "Nós não sabemos dançar", e, quando ela estiver ensinando, empurrem-na no fogo.

– Tá bom, vamos fazer isso.

Uma noite, a velha pediu que acendessem um fogo bem caprichado. Eles lhe obedeceram.

– Já está pronto, velha. E agora?

– Agora, quero que vocês dancem aqui perto do fogo.

– Nós não sabemos dançar. Ensine como é.

– É assim...

E a velha começou a dançar, dançar, dançar. Enquanto ela dançava, os dois jovens a empurraram na direção do fogo. Ela caiu no chão e queimou-se toda. Os olhos dela – que eram dois cães ferozes – saltaram do rosto e foram para cima dos dois jovens indígenas, que rapidamente pegaram uma vasilha de água e jogaram-na sobre eles, que espocaram e ficaram mansinhos.

Foi dessa maneira que os jovens venceram a velha e ganharam dois cães valentes que os defendiam contra tudo.

Depois, eles fizeram uma nova aldeia bem forte e muito poderosa no lugar da maloca daquela bruxa.

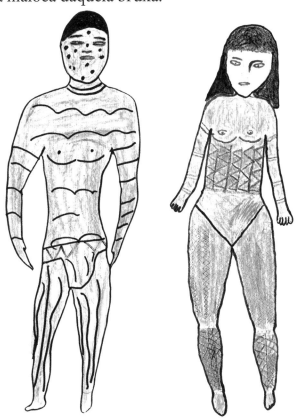

O FIM DA CONVERSA

Quando nosso avô acabou de contar essas histórias, a noite já estava adiantada e a lua cheia brilhava no céu. Os cães dormiam pertinho do fogo, e todos nós ficamos um pouco assustados com algumas histórias. Nosso avô já mostrava algum cansaço por estar ali horas a fio a nos contar tantas aventuras dos antepassados.

Quando ele se preparava para levantar, alguém perguntou:

"Mas, vô, o que essa história da velha bruxa tem a nos ensinar?"

Ele voltou para o seu banquinho e disse, sem alterar a voz:

"Essa história nos lembra que é preciso saber conviver com o nosso destino e usar todo o nosso conhecimento para derrotar as armadilhas que a maldade prepara para nós; ela lembra que é preciso ser esperto e conhecedor das artes da floresta para não ser ludibriado pelos espíritos que ocupam a escuridão que mora dentro de nós."

E continuou:

"Agora, vocês já sabem um pouquinho mais dos nossos antepassados. Podem ir aproveitar esta noite de lua clara para sonhar com os avós e ouvir o que eles têm a dizer. Amanhã será um novo dia e poderemos voltar a conversar ainda mais sobre as histórias que estão em nossa memória."

UM POUCO SOBRE OS MUNDURUKU

Conta a história do Brasil que os Munduruku formavam um povo muito poderoso e guerreiro. Sua fama de *caçadores de cabeça* corria por todo o Estado do Pará e do Mato Grosso. O ruído que faziam com os pés quando saíam em grupo para expedições de caça e pesca, ou para a guerra, conferiu-lhes o apelido de "formigas gigantes" (tradução da palavra "munduruku"), que fazia tremer os inimigos, que saíam em desabalada carreira para fugir. Eram também conhecidos como "caras-pretas", pois tinham o costume de tatuar as faces de preto. Sua valentia era tamanha que participaram de várias revoltas populares no Estado do Pará e chegaram mesmo a ter cidades inteiras sob seu domínio. É claro que as autoridades não gostavam disso e mandavam tropas militares para impedir os avanços dos Munduruku. Nessas batalhas os caras-pretas quase sempre saíam vitoriosos, pois conheciam melhor a região. Assim, os donos do poder continuaram a enviar tropas cada vez mais numerosas, e numa dessas batalhas os Munduruku finalmente acabaram vencidos. Depois disso foram "pacificados" pelos "brancos" e se renderam aos encantos do mundo não indígena. Corria o século XVIII quando esses indígenas foram vistos pela primeira vez...

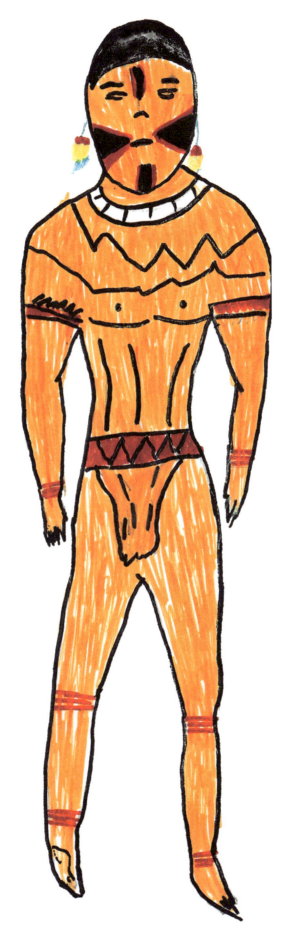

39

QUEM SÃO OS MUNDURUKU HOJE?

A maior parte do povo Munduruku, uma sociedade de aproximadamente 12.000 pessoas, vive hoje em uma área demarcada, à margem direita do alto Tapajós e seus afluentes, no sudoeste do Pará. Os Munduruku têm mantido parte considerável de sua cultura nativa, apesar de mais de dois séculos e meio de contato com a sociedade brasileira.

A língua Munduruku pertence ao tronco linguístico Tupi e é considerada pelo grupo como o principal sinal de diferenciação em relação ao mundo dos *pariwat*, os brancos. Nesse território, a maioria das pessoas fala o Munduruku (principalmente os adultos e as crianças). O português é mais falado hoje pelos adolescentes, jovens e lideranças políticas.

O grupo vive da caça, da pesca, da coleta – e tem desenvolvido a agricultura e a criação de animais domésticos –, bem como, atualmente, da exploração dos garimpos de ouro na reserva.

Durante muitos anos, a preocupação principal dos Munduruku foi a demarcação de sua área para evitar a invasão de garimpeiros, madeireiras e mineradoras, que destroem e degradam seu meio ambiente.

No campo da assistência médica, os Munduruku sofrem, como outros grupos indígenas brasileiros, o descaso das autoridades dessa área. Por causa disso, há um grande índice de mortalidade infantil entre eles. Doenças como hepatite, malária, tuberculose, paludismo, pneumonia, entre outras, afetam crianças e adultos das mais de cem aldeias existentes na área Munduruku, isso só no Pará. Vale lembrar também que, nos dias atuais, minha gente sofre com o uso do mercúrio usado para a extração do ouro, o qual afeta outras formas de vida e, por sua vez, também, e principalmente, as crianças e suas mães.

VIDA NAS ALDEIAS

As atividades dos Munduruku começam e terminam cedo. Às 5 horas da manhã, as famílias já se preparam para ir às roças, à caça, à pesca ou à coleta. Durante o dia inteiro, os adultos dedicam-se a atividades ligadas à sobrevivência, ou seja, conseguir alimento para si e para as crianças e os velhos, que permanecem na aldeia, pois não têm condições de acompanhá-los ao trabalho no campo.

Por volta das 13 horas, as mulheres já estão de volta à aldeia, com mandioca, cará, batata-doce, e frutas dos mais variados tipos. Os tubérculos e frutos são a base da alimentação do dia, que será complementada por peixe e carne de caça, quando os adultos homens retornam de suas atividades.

Às 17 horas, todos já estão na aldeia. Os jovens e adolescentes encontram-se para um animado jogo de futebol. (É comum nas aldeias Munduruku haver um campo de futebol mantido pela comunidade para

as pelejas de final da tarde.) Enquanto esse grupo joga futebol, os homens e mulheres adultos preparam a alimentação a ser servida no jantar. Vale acrescentar que as meninas e as moças também participam da vida cotidiana, mas também já se organizam para participar das competições e das muitas atividades comunitárias, como debates políticos, apresentações culturais na cidade, viagens para estudos e eventos.

Depois de um saboroso jantar, todos ficam mais à vontade para fazer outras atividades, como ver televisão ou navegar na internet, equipamento que já está muito presente nas comunidades e aldeias. A energia elétrica já está disponível em quase todas as casas, mas ainda assim algumas atividades são realizadas coletivamente, a fim de manter parte da sabedoria ancestral, que ainda hoje é referência para todo mundo.

Para a maioria da comunidade, o dia termina por volta das 23 horas, pois sabem que o dia seguinte reserva muita atividade.

JOGOS E BRINCADEIRAS

Na comunidade indígena, não há muita diferença entre aprender e brincar. As crianças aprendem brincando e brincam aprendendo. Desde pequenas, elas acompanham as atividades dos pais e aprendem a fazer as coisas que irão ajudá-las mais tarde a sobreviver: plantar, pescar, caçar e colher frutos. Mas não pensem que elas ficam anotando tudo. Na verdade, elas aprendem repetindo a ação dos pais.

Nos intervalos das atividades com os adultos, as crianças da mesma idade reúnem-se para um gostoso bate-papo, um banho no rio ou a pesca com as pequenas varas que elas mesmas preparam. Algumas vezes, aventuram-se a passear de canoa ou a subir nas árvores para brincar de imitar bichos – uma das suas brincadeiras preferidas. As meninas quase sempre acompanham a mãe e as irmãs mais velhas. Também elas vão aprender observando o que as adultas fazem: plantar e colher mandioca, fazer farinha, carregar água, preparar alimentos; enfim, ser uma boa dona de casa, pois é lá que ela tem seu domínio – se o homem tentar invadi-lo, corre o perigo de "apanhar" da esposa. **Repito aqui o que já disse: as mulheres Munduruku são valentes e corajosas e hoje em dia estão à frente de muitas ações de proteção do território e de seu modo de vida.**

Lá existe escola?

Sim, lá existe escola.

Nas aldeias Munduruku existe escola há um bom tempo. As crianças vão às aulas num período do dia. Aprendem a ler e a escrever: em português e em Munduruku!!! Bárbaro, não? **Os professores são de lá mesmo, devidamente formados nas universidades**. Assim, os Munduruku aliam o útil ao agradável: unem a escola tradicional – em que aprendem os saberes dos ancestrais – e a escola formal – onde aprendem a ciência do *pariwat* –, que irão ajudá-los a compreender melhor a sociedade envolvente: matemática, português, ciências, geografia e outras disciplinas.

43

A NARRATIVA ORAL

O conhecimento das tradições é passado por meio dos mitos – histórias das realizações dos heróis antigos. São essas histórias que ajudam a comunidade a se manter unida e forte contra as pessoas que cobiçam as riquezas que estão escondidas na natureza. Elas contam a criação do universo, das pessoas, do fogo, do céu, da mandioca, da noite e do dia, dos animais. Falam da vida e da morte, das doenças e das curas. Discorrem sobre o respeito que se deve ter ao meio ambiente e sobre os castigos que sofrerão aqueles que desobedecerem às leis da mãe natureza. As crianças e os adultos ouvem as histórias dos mais velhos, a quem respeitam muito por sua sabedoria e conhecimento das coisas da vida.

AS BRIGAS

Muito se engana quem pensa que os indígenas são "santinhos". Na verdade, eles brigam muito entre si, por exemplo, quando um pega os pertences do outro (canoa, remo, rede, fruta...), quando alguém "rouba" a namorada ou namorado, ou furta o alimento obtido com muito suor, ou quer mandar mais do que pode, ou desobedece à alguma regra comunitária etc. Algumas vezes, as brigas são físicas; outras, apenas verbais. Também os menores brigam pelos mesmos motivos que os adultos, mas, na maioria das vezes, acabam fazendo as pazes e voltam a conviver em harmonia. Os pais quase nunca interferem nos conflitos dos filhos. Desde cedo, todos são educados a resolver seus problemas. Isso os ajudará a solucionar os conflitos com que porventura se depararem quando se tornarem adultos.

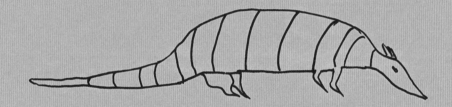

45

O AUTOR

Daniel Munduruku nasceu em Belém, em 28 de fevereiro de 1964, é escritor e professor, pertencente ao povo indígena Munduruku. Autor de 65 livros publicados por diversas editoras do Brasil e do exterior, a maior parte classificada como literatura infantojuvenil e paradidática. É graduado em Filosofia e tem licenciatura em História e Psicologia. Possui mestrado e doutorado em Educação pela Universidade de São Paulo (USP) e pós-doutorado em Linguística pela Universidade Federal de São Carlos (UFSCar).

Recebeu vários prêmios nacionais e internacionais por sua obra literária: Jabuti, da Câmara Brasileira do Livro (2004 e 2017); da Academia Brasileira de Letras (2010); Érico Vanucci Mendes, da Sociedade Brasileira para o Progresso da Ciência (SBPC); Promoção da Tolerância e da Não Violência, da Unesco; Fundação Bunge, pelo conjunto de sua obra e atuação cultural (2018). Em 2021, foi condecorado pela Ordem dos Advogados do Brasil – Seção São Paulo (OAB SP), como personalidade literária.

Muitos de seus livros receberam selo "Altamente Recomendável" da Fundação Nacional do Livro Infantil e Juvenil (FNLIJ).

Ativista engajado no Movimento Indígena Brasileiro, reside em Lorena, interior de São Paulo, desde 1987, onde é diretor-presidente do Instituto Uka e do selo Uka Editorial. Também é membro fundador da Academia de Letras de Lorena. Foi cofundador da primeira livraria *online* especializada em livros de autores indígenas e promove há vinte anos o Encontro de Escritores e Artistas Indígenas no Rio de Janeiro, em parceria com a FNLIJ. Em 2021, concorreu à cadeira 12 da Academia Brasileira de Letras. Em 2022, venceu o prêmio Empreendedor Social do Governo do Estado de São Paulo. Em 2023, recebeu o prêmio Mestres da Periferia, no Rio de Janeiro. Em 2023/2024, atuou na novela *Terra e paixão*, da rede Globo, interpretando o pajé Jurecê.

Na Editora Peirópolis, Daniel Munduruku, além de escritor, é coordenador da coleção Memórias ancestrais, de que faz parte este livro.

Instagram: @danielmundurukuoficial
Youtube: youtube.com/dmunduruku
Facebook: facebook.com/danmunduruku
Email: dmunduruku@gmail.com